Matthias So

Weihnachten mit Nul

Foto: © Lappan Verlag

DER AUTOR

Matthias Sodtke wurde 1962 in Hannover geboren. Während seiner Studienzeit (Visuelle Kommunikation in Berlin und Bildende Kunst in Hannover) hatte er erste Erfolge als freier Cartoonist, u.a. für STERN, TITANIC und PLAYBOY. Seit 1993 ist er Autor und Illustrator der von ihm geschaffenen Kinderbuchreihe »Nulli & Priesemut«, die seit 1996 auch als Zeichentrickfilme in der »Sendung mit der Maus« zu sehen sind. Matthias Sodtke ist Vater zweier Töchter und lebt in Hannover.

Matthias Sodtke

Weihnachten mit Nulli & Priesemut

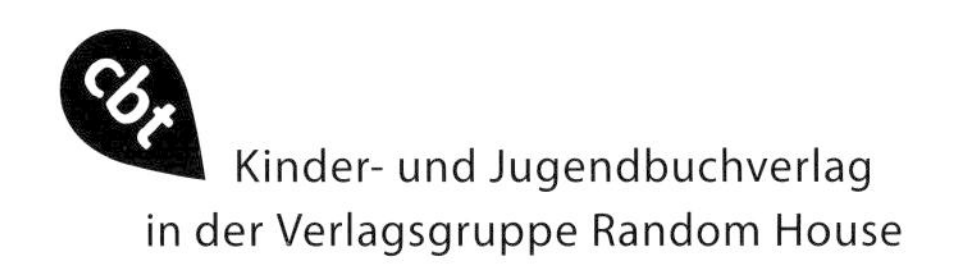

Kinder- und Jugendbuchverlag
in der Verlagsgruppe Random House

Verlagsgruppe Random House FSC® N001967
Das für dieses Buch verwendete
FSC®-zertifizierte Papier *Condat Périgord matt*
liefert Condat, Le Lardin Saint-Lazare, Frankreich.

1. Auflage
Erstmals als cbt Taschenbuch November 2015

Umschlaggestaltung: basic book design, Karl Müller-Bussdorf,
unter Verwendung des Originalumschlags
mi · Herstellung: kw
Satz: dtp im Verlag
Reproduktion: Reproline Mediateam, München
Druck und Bindung: Grafisches Centrum Cuno GmbH, Calbe
ISBN: 978-3-570-31046-5
Printed in Germany

www.cbt-buecher.de

Inhalt

Wer baut denn hier 'nen falschen Schneemann?

„Uaaah", gähnte Nulli und reckte und streckte sich. Er hatte das Gefühl, als hätte er sieben Tage und sieben Nächte geschlafen, sooo gut fühlte er sich. Er schmatzte noch zweimal, ehe er (ganz langsam) seine Augen öffnete. „Huch, es ist ja noch ganz dunkel", wunderte sich Nulli und ging zum Fenster, um nach draußen zu schauen. Aber dort war **nichts!** Weder Himmel noch Mond, weder Wald noch Wiese. Nulli erschrak. Der Sache muss ich sofort auf den Grund gehen, beschloss er, und öffnete vorsichtig die Tür.

Aber kaum, dass
er dies tat, kam
ihm auch schon
ein riesiger
Schneehaufen
entgegen.

„Es hat geschneit! Es hat geschneit!", jubelte Nulli und stapfte hinaus.
Jetzt verstand er auch, warum es im Haus so dunkel war und er nicht hinaus
sehen konnte: Die Fenster waren völlig zugeschneit.

„Priesemut, aufstehen!", rief Nulli und rüttelte seinen Freund wach.
„Was ist denn los …?", brummelte Priesemut. Er war noch gar nicht richtig wach, da hatte Nulli ihm auch schon Mütze, Schal und Fäustlinge angezogen.

„Es hat geschneit heut Nacht, das musst du sehen! Draußen ist alles puderzuckerweiß!"
Gemeinsam stapften sie hinaus vor die Tür.
„Uih", staunte Priesemut; so viel Schnee hatte er wirklich noch nie gesehen.
So weit das Auge schauen konnte, war alles weiß.
Ganz still war es draußen; nur in der Ferne hörte man leise das **Kraakkraak** einer Nebelkrähe.

Andächtig stand Priesemut in der weißen Pracht, als er – Batsch! – einen Schneeball an den Kopf bekam. „Na warte, Langohr!", rief Priesemut. „Den kriegst du zurück!

Die beiden Freunde lachten und kreischten, als sie sich gegenseitig mit Schneebällen bewarfen.

„Komm, jetzt bauen wir einen Schneemann!", sagte Nulli und war bereits dabei, einen Schneeball zu einer großen Kugel zu rollen.

„Au ja, au fein!", jubelte Priesemut. „Für die Augen nehmen wir Kohlen", sagte Priesemut. „Und Möhren für die Ohren", fügte Nulli hinzu.
Priesemut stutzte: „Aber … ein Schneemann hat doch keine Ohren."
Nulli zeigte nach oben: „Schau her, **ich** habe lange Ohren, und genauso muss auch ein Schneemann aussehen."

„Das stimmt nicht!", sagte Priesemut mit erhobener Stimme. „Ein richtiger Schneemann sieht so aus wie **ich!"**
Nun wurde auch Nulli laut: „Dann müsste er ja Schnee**frosch**mann heißen!"
Und Priesemut erwiderte (noch lauter): „Aber Schnee**hasen**mann heißt er auch nicht!"

Plötzlich hatte Nulli eine Idee: „Ich hab's! Jeder von uns baut seinen eigenen Schneemann. Und wenn wir fertig sind, fragen wir Oma Bär, welcher von beiden ein richtiger Schneemann ist."
Priesemut fand, dass das eine gute Idee sei, und sofort machten sie sich an die Arbeit. Die beiden stöhnten und ächzten und mühten sich redlich. Jeder wollte natürlich einen großen und besonders schönen Schneemann bauen. Aber es ist gar nicht so einfach, ganz allein eine richtig große Schneekugel zu rollen.

Doch dann endlich war es so weit. Vor dem Haus standen **zwei** Nullis und **zwei** Priesemuts – jeweils einer aus Schnee. Beide waren mit ihrem Schneemann sehr zufrieden. Und so machten sie sich auf den Weg zu Oma Bär.

Oma Bär war gerade dabei, ihren Gartenweg frei zu schaufeln, als Nulli und Priesemut – wild durcheinander – auf sie einredeten: „Hallo, Oma Bär, wir haben zwei Schneemänner gebaut, und …" – „Jeder einen! Und jetzt …" – „Wir haben uns gestritten, welcher …" – „Jetzt wollen wir von dir wissen, ob du …" – „Wie sieht ein richtiger Schneemann aus?"

Oma Bär lachte: „Halt, halt, ihr beiden, nicht so schnell. Erzählt mir alles hübsch der Reihe nach, sonst kann ich euch gar nicht verstehen."

Und dann erzählten sie ihr alles, einer nach dem anderen.
„Jetzt habt ihr mich aber wirklich neugierig gemacht", sagte Oma Bär.
„Das muss ich mir anschauen! Ihr reicht mir besser eure Hände, damit ich nicht ausrutsche und hinfalle."
Und so marschierten sie los, zum Haus von Nulli und Priesemut.

Als sie dort ankamen, war Oma Bär sprachlos. Schließlich sagte sie freudestrahlend: „Das sind die schönsten Schneemänner, die ich je gesehen habe. Sie sind alle beide ganz wun-der-schön."

Nulli und Priesemut schauten sich verdutzt an. Einer der beiden Schneemänner musste doch ein **falscher** Schneemann sein. „Hast du etwa auch noch nie einen richtigen Schneemann gesehen, Oma Bär?", wollte Priesemut jetzt wissen. Da musste Oma Bär lachen.

„Doch, doch, ganz viele sogar. Und als ich noch ein kleines Bärchen war, habe auch ich jeden Winter im Garten vor unserem Haus einen Schneemann gebaut."

Da es draußen bitterkalt war, beschloss man, erst einmal ins Haus zu gehen und sich bei einer heißen Schokolade richtig aufzuwärmen. Hmmm, tat das gut!

Plötzlich nahm Oma Bär zwei Äpfel aus der Obstschale und legte sie nebeneinander auf den Tisch. Der eine Apfel war klein, ein wenig schrumpelig und gelbrot gefärbt wie buntes Herbstlaub. Der andere Apfel war fast doppelt so groß und grasgrün; seine glatte Schale glänzte wie poliert.

„Hast du Hunger?", fragte Priesemut.
„Nein", sagte Oma Bär, „passt mal auf: Diese beiden Äpfel sehen doch ganz verschieden aus, nicht wahr? Wer von euch kann mir sagen, welcher ein **richtiger** und welcher ein **falscher** Apfel ist?"
Nulli und Priesemut schauten sich mit großen Augen an.
„Aber Oma Bär", sagte Nulli reichlich verwundert, „du fragst ja komische Sachen … Nur weil sie verschieden aussehen, sind es doch trotzdem zwei richtige Äpfel."

„Stimmt", fügte Priesemut schmatzend hinzu. Er hatte beide probiert, um auf Nummer sicher zu gehen.

Da ging Nulli endlich ein Licht auf: „Aber ja, jetzt versteh ich! Auch wenn unsere Schneemänner ganz verschieden aussehen, so sind es trotzdem zwei **richtige Schneemänner!"**

„Weil sie nämlich beide aus Schnee gebaut wurden, nicht wahr, Oma Bär?", fragte Priesemut.

Oma Bär nickte zustimmend:

„Ich sehe, ihr habt mich verstanden."

… sangen Nulli und Priesemut im Chor und tanzten vor Freude um Oma Bär herum.

Dann sagte Oma Bär: „Wisst ihr was? Ich habe schon seit vielen Jahren keinen Schneemann mehr gebaut, doch jetzt habe ich so richtig Lust bekommen. Wollen wir drei nicht gemeinsam einen Schneemann bauen?"

richtigen Schneemann gebaut!

„Au ja, au fein!",

jubelte Priesemut.

Und Nulli rief begeistert: „Ich hole Möhren und Kohlen!"

Dann bauten sie gemeinsam einen wunderschönen Schneemann.

Und irgendwie …

… sah er aus …

… wie Oma Bär.

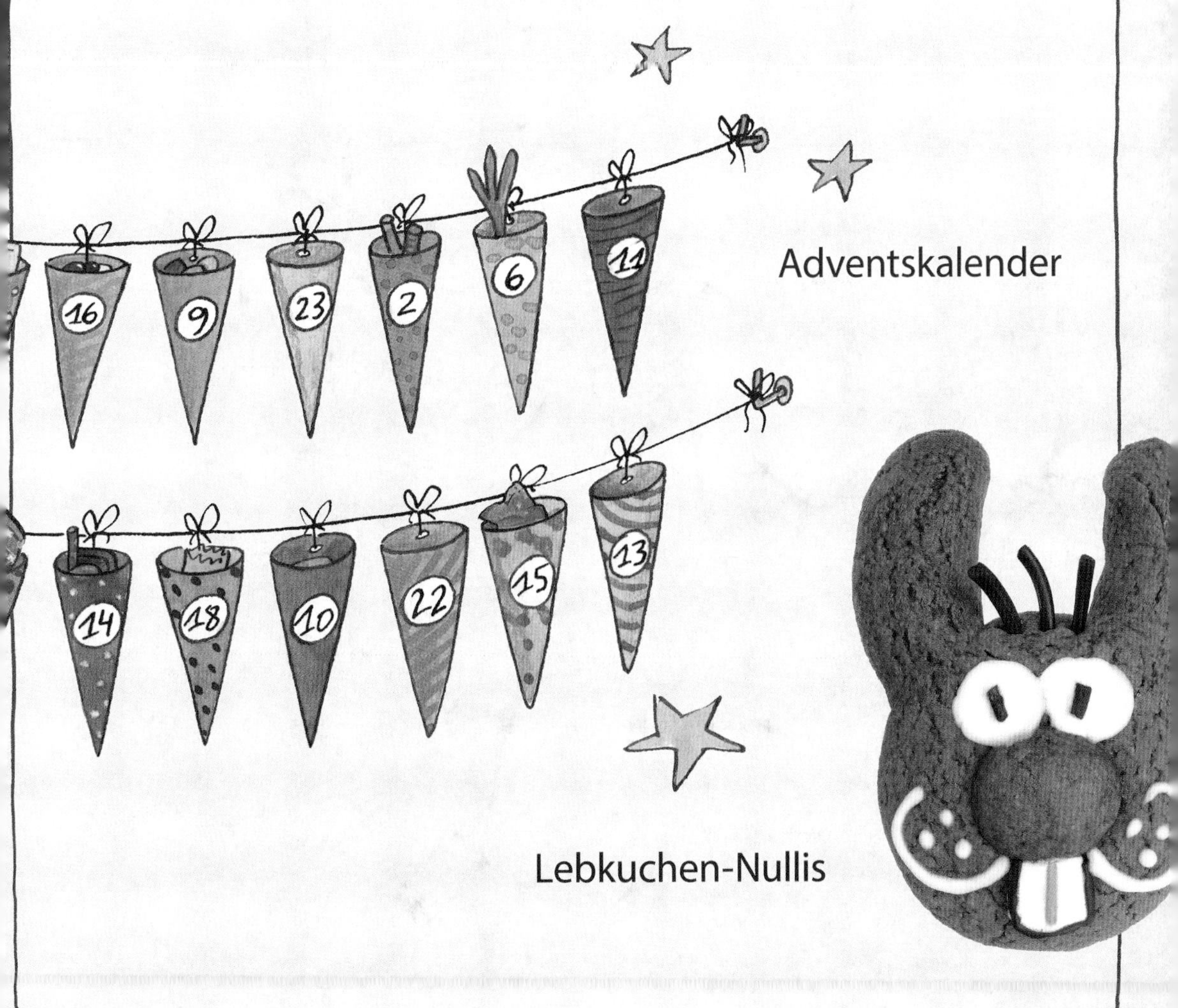

Adventskalender

Lebkuchen-Nullis

Lebkuchen-Nulli

Zutaten für den Teig

(reicht für ein Backblech):
125 g flüssigen Honig
125 g braunen Rohrzucker
75 g Butter
200 g Roggenmehl
50 g gemahlene Mandeln
1 Ei
½ Tütchen Vanillezucker
1 TL Lebkuchengewürz
1 TL Kakaopulver
½ TL Pottasche
1 TL Zitronensaft
1 Prise Salz
1 Prise Mut

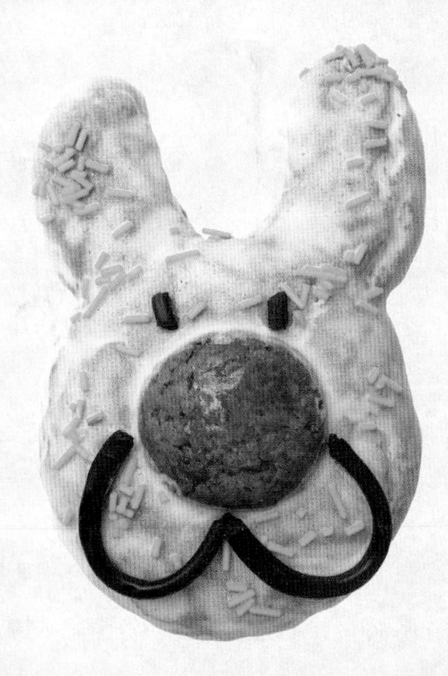

„Zuckerguss-Nulli"

Für die Glasur:

1 Eiweiß (oder Zitronensaft)
250 g Puderzucker

Zum Verzieren:

2-7 Lakritzschnecken
421 kunterbunte Streusel
1 Eigelb zum Bepinseln des Teigs (oder nur der Nasen und Ohren)

„Natur-Nulli"

„Eigelb-Nulli"

So wird's gemacht:

1. Den Honig mit dem Rohrzucker und der Butter in einer Schüssel gut verrühren.
2. Gemahlene Mandeln, Ei, Vanillezucker, Lebkuchengewürz, Kakaopulver, Pottasche, Zitronensaft und Salz mischen. Das Mehl zuletzt dazugeben und alles zu einem glatten Teig verarbeiten. Vorsicht: Nicht zu lange rühren, weil der Teig sonst zäh wird und beim Backen nicht mehr locker aufgeht. Die Lebkuchen werden fest und bröseln.
3. Den Lebkuchenteig in Frischhaltefolie wickeln und im Kühlschrank mindestens zwei Stunden lang ruhen lassen.
4. Lakritzschnecken abrollen und vorsichtig auseinanderziehen. Für Nullis Haare ungefähr drei Zentimeter lange Stücke abschneiden und zum weiteren Verzieren auch noch ein paar längere Stücke bereitlegen. Alle Stücke auf einem Teller in den Gefrierschrank stellen (oder wenn es draußen schon friert, einfach über Nacht nach draußen stellen). Die übriggebliebenen Lakritzschnecken aufessen!
5. Backblech mit Backpapier auslegen.
6. Arbeitsfläche leicht bemehlen, und den Teig ungefähr einen Zentimeter dick ausrollen. Mit einem Plastikbecher die Nulliköpfe ausstechen und auf das Backpapier legen (genügend Platz für die Ohren lassen). Mit dem Finger eine kleine Vertiefung in die Mitte drücken.
7. Teigreste zu kleinen Kugeln (für die Nasen) und Würsten (für die Ohren) rollen. Jeweils zwei Würste an den Kopf drücken, dabei zwischen den Ohren noch genügend Platz für Nullis Haare lassen. Eine Kugel in jede Kuhle legen und leicht fest drücken.
8. Wer will, kann noch jeden zweiten Nulli mit Eigelb bestreichen, oder nur seine Ohren und Nasen … wie ihr Lust habt.
9. Backofen auf 160 Grad vorheizen und die Lebkuchen-Nullis 15–20 Minuten backen.
10. Mit einem Zahnstocher den noch warmen Nullis drei Löcher zwischen die Ohren pieksen und die hartgefrorenen Lakritzstücke vorsichtig hineinstecken. Alle Lebkuchen-Nullis abkühlen lassen.
11. Eiweiß (oder Zitronensaft) mit dem Puderzucker zu einer dickflüssigen Creme verrühren. Wer keinen Spritzbeutel hat, schneidet an einer Ecke eines Gefrierbeutels ein winziges Stück ab. In den Beutel die Glasurmasse hineingeben und solange das Ende zusammendrehen, bis an der Ecke eine kleine weiße Wurst herauskommt. Lasst eurer Fantasie freien Lauf und verziert eure Nullis ganz so, wie es euch gefällt.

als Adventskalender

Nulli liebt Karotten. Deshalb hat sich Priesemut für seinen Freund etwas ganz Besonderes überlegt: Einen Adventskalender aus bunt bemalten und beklebten Spitztüten.

Auf festes Zeichenpapier oder bunten Bastelkarton in DIN A3 legt Priesemut einen großen runden Teller. Mit einem Stift zeichnet er einen Kreis um den Tellerrand und schneidet ihn sorgfältig aus. Nun teilt er den Kreis in drei gleichgroße Stücke und rollt sie zu Tüten.

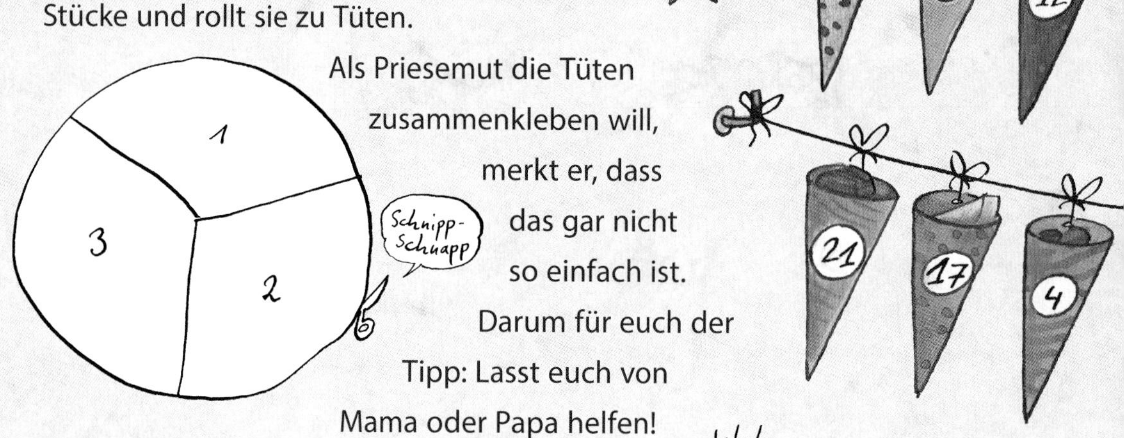

Als Priesemut die Tüten zusammenkleben will, merkt er, dass das gar nicht so einfach ist. Darum für euch der Tipp: Lasst euch von Mama oder Papa helfen!

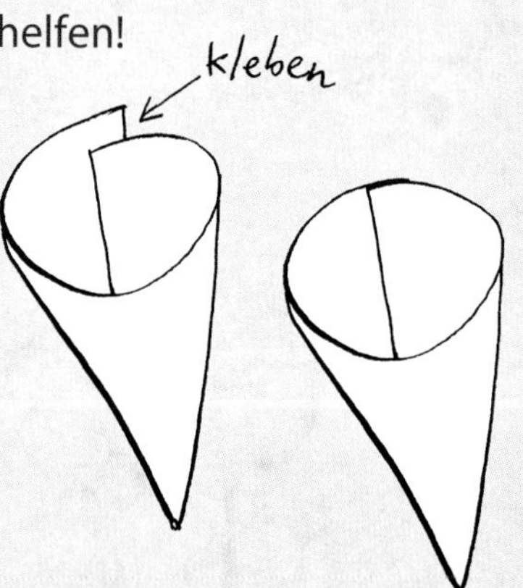

Dann beklebt und bemalt Priesemut die Spitztüten nach Lust und Laune. Auf jede Tüte schreibt er noch eine Zahl von 1 bis 24.

Schließlich bindet Priesemut alle Tüten an zwei lange Schnüre, die er wie Girlanden im Zimmer aufhängt. In jede Spitztüte tut er ein kleines Geschenk für seinen Freund hinein. So gibt es an jedem Tag bis Weihnachten eine kleine Überraschung für Nulli.

Übrigens: Ihr könnt die Spitztüten auch als Anhänger für den Weihnachtsbaum nutzen. Dafür solltet ihr den Kreis aber mit einem kleineren Brot- oder Kuchenteller vorzeichnen und ausschneiden, damit die Spitztüten nicht zu groß werden. In jeden Weihnachtsbaumanhänger kommt noch etwas Süßes hinein – aber nicht alles auf einmal essen!

Priesemut wünscht euch viel Spaß beim Basteln!

EIN BAUM FÜR DEN WEIHNACHTSMANN

„Nulli! Nulli!", rief Priesemut aufgeregt. „Heute ist ja Heiligabend!"
„Na … na uhuuund? …", gähnte Nulli noch ganz verschlafen. Im Winter schlief er morgens gerne mal etwas länger.

„Na, hör mal", wunderte sich Priesemut. „Heute ist doch ein ganz besonderer Tag!"

„Heute hat doch das Christkind Geburtstag, und da kommt nämlich der Weihnachtsmann und bringt allen, die immer lieb und brav waren, ein … ähm, ein Weihnachtsgeschenk", sagte Priesemut … etwas verunsichert, weil ihm gerade einfiel, dass er manchmal ja gar nicht so lieb und brav ist.

„Wer glaubt denn noch an den Weihnachtsmann?", meinte Nulli und holte sich seine geliebten Frühstücksflocken aus dem Küchenschrank.

„Ich glaube an den Weihnachtsmann!“, sagte Priesemut überzeugt. „Und Dr. Knödels auch!!“

„Aha“, sagte Nulli und schmunzelte, „du und Dr. Knödels, soso. Und warum, bitte schön, Herr Priesemut, haben wir im letzten Jahr keine Geschenke bekommen, obwohl wir doch immer so lieb und brav waren? Und das Jahr davor auch nicht?“

„Ganz einfach“, antwortete Priesemut und drehte die Müslipackung herum. „Weil wir jedes Mal vergessen haben, einen Weihnachtsbaum aufzustellen, darum, Herr Nulli, bitte schön und danke schön.“

„An Heiligabend fliegt der Weihnachtsmann über alle Häuser rüber, weißt du,
und überall dort, wo er einen
geschmückten Weihnachtsbaum sieht,
hält er nämlich an, weil er weiß,
dass dort Weihnachten gefeiert wird,
und dort, wo er keinen Weihnachtsbaum sieht, da fliegt er einfach weiter,
weil er nämlich denkt, dass dort kein Weihnachten gefeiert wird", sagte
Priesemut und holte tief Luft.
„Dann mal los!", meinte Nulli. „Wohin?", wollte Priesemut wissen.
„In den Wald", antwortete Nulli. – „Warum?", fragte Priesemut nach.
„Na … einen Baum für den Weihnachtsmann holen!", sagte Nulli.
„Hurraaa!", jubelte Priesemut.

Wenig später waren die beiden bereits im Wald und sahen sich nach einem geeigneten Tannenbaum um. „Wie wärs mit dem da?", fragte Priesemut und zeigte auf ein winzig kleines Tännchen.

„Na, hör mal", meinte Nulli, „der ist viel zu klein. Den sieht der Weihnachtsmann von hoch droben doch gar nicht."

„Den Baum sieht der Weihnachtsmann bestimmt", sagte Priesemut und zeigte auf einen Tannenbaum, der mindestens fünfmal so groß war wie er selbst.
Nulli schüttelte den Kopf: „Viiiel zu groß, den kriegen wir doch nie nach Hause."
„Hm, schade …", meinte Priesemut und trottete weiter. Aber dann …

„Schau mal, Priesemut, der da ist doch genau richtig", sagte Nulli, „nicht zu groß und nicht zu klein!"
Die beiden Freunde betrachteten den Tannenbaum von allen Seiten.
„Du hast Recht, Nulli, der ist wirklich schön", fand auch Priesemut.

Sofort schnappte er sich die Axt: „Hier kommt Priesemut, der Holzfäller!
Vooorsicht!"
Er holte schwungvoll aus, doch die Schneide löste sich vom Stiel, flog in hohem Bogen davon und verschwand auf Nimmerwiedersehen irgendwo im Schnee.

„Du hast meine Axt kaputtgemacht!", meckerte Nulli.

„Wieso denn **ich?!"** meinte Priesemut und wurde nun laut. „Das Ding da oben war nicht richtig festgeklebt!"

„Das ist nicht **festgeklebt,** du … Waldmeister!", rief Nulli noch lauter.

„Siehste wohl! Und darum ist es nämlich auch weggeflogen, du … **du Oberwaldmeister!",** hallten Priesemuts Worte weit hörbar durch den Wald.

„Hat mich jemand gerufen?", fragte auf einmal eine brummbärtiefe Stimme.

Nulli und Priesemut erschraken. Scheinbar aus dem Nichts kommend, stand plötzlich ein mächtiger Bär vor ihnen.

„Gestatten, Horst Knödel. Ich bin in diesem Forst der Oberhorst, äh … ich meine … der … der äh – "

„Der Waldmeister …?", fragte Priesemut zögernd.

Der Bär bekam erst riesengroße Augen, dann ganz schmale Schlitze, beugte sich vor zu Priesemut und erwiderte leise, fast schon flüsternd:

„Ober-, mein lieber Priesemut, **Ober**waldmeister! So viel Zeit muss sein."

Dann brach der Bär in schallendes Gelächter aus, um schon im nächsten Augenblick wieder zu verstummen.

Nulli nahm seinen ganzen Mut zusammen, atmete tief durch und fragte den Bären: „Kannst du uns vielleicht helfen … Herr Oberwaldmeister?"
„Ich helfe gern, wenn ich kann, mein lieber Nulli", antwortete der Bär lächelnd.
„Wir brauchen nämlich einen Weihnachtsbaum", sagte Nulli.
„Aha", sagte der Bär.
„Ja, genau, für den Weihnachtsmann", fügte Priesemut hinzu.
„Oho!", sagte der Bär.
„Meine Axt ist vorhin leider kaputtgegangen", erklärte Nulli, „und jetzt können wir keinen …"
„Hohoho", lachte der Bär laut, beugte sich zu den beiden hinunter und flüsterte augenzwinkernd: „Schaut doch mal hinüber zum Schlitten!"

Na, so was! Auf ihrem Schlitten lag ein wunderschöner Tannenbaum, nicht zu klein und nicht zu groß. Der Bär musste ihn vorhin ausgegraben haben, denn unten dran hatte der Baum sogar noch seinen Wurzelballen.
„Wenn ihr diesen Tannenbaum vor eurem Haus einpflanzt, braucht ihr nie mehr einen Baum im Wald zu fällen!", sagte der Bär und lächelte.

„Das … das ist toll!", meinte Nulli und klatschte begeistert in die Hände.
„Und auch praktisch!", fügte Priesemut hinzu.
Die zwei bedankten sich ganz herzlich für des Bären Hilfe.
Dann verabschiedete sich der Bär und wünschte den beiden noch ein frohes Weihnachtsfest.

„Ähm … willst du vielleicht mit uns zusammen Weihnachten feiern?", fragte Nulli zaghaft.
„Au ja, au fein", jubelte Priesemut, „das wäre toll!"
„Vielen Dank, ihr seid wirklich lieb, aber ich habe heute noch jede Menge zu tun", antwortete der Bär .

Und dann verschwand er so plötzlich, wie er gekommen war.
Gemeinsam machten sich die beiden auf den Heimweg. Gerade, als sie den Wald verließen, kam Priesemut ein Gedanke: „Wieso wusste der Bär eigentlich, wie wir heißen?"
„Hmm …", meinte Nulli nachdenklich, „du hast recht!"
Erst jetzt fiel auch ihm auf, dass der Bär sie ja die ganze Zeit mit Namen angeredet hatte.
„Vielleicht, weil er der Oberwaldmeister ist und jeden hier mit Namen kennt?", meinte Nulli nach einer Weile.

„Hihi, genau ...", kicherte Priesemut, „so ein Ober-horst-knödel-meister weiß bestimmt alles!" – Und darüber mussten nicht nur die beiden herzlich lachen.

Nachdem Nulli und Priesemut den Tannenbaum vor ihrem Haus eingepflanzt hatten, schmückten sie ihn mit Äpfeln, Strohsternen, Möhren und Kerzen. Es dämmerte bereits, als sie endlich die
Kerzen anzünden konnten.
„Schöön", seufzte Nulli.
„Wunderschön!", fand auch Priesemut.

Die beiden machten es sich im Haus am Fenster bequem und warteten.
„Hoffentlich bist du nicht allzu traurig, falls der Weihnachtsmann doch nicht kommen sollte", sagte Nulli.
„Na, hör mal, Nulli! Bei einem so schönen Weihnachtsbaum muss der Weihnachtsmann ganz einfach kommen!", meinte Priesemut und gähnte.
Es war wirklich ein langer und anstrengender Tag gewesen; erst gähnte Priesemut, dann Nulli und dann beide zusammen. Bald fielen ihnen vor lauter Müdigkeit die Augen zu.

Aber plötzlich …

„Nulli! Was war das? Wach auf! Wir sind eingeschlafen! Da war ein Geräusch vor der Tür! NULLI!!", rief Priesemut aufgeregt.
„Hee, lass mein Ohr los, Prie…huäää-semut", gähnte Nulli.
„Ich glaube, der Weihnachtsmann war da!", sagte Priesemut und hüpfte zur Haustür. Sofort war auch Nulli hellwach.
Und tatsächlich: Vor ihrer Haustür lagen zwei hübsch verpackte Geschenke, und auf den Geschenken zwei rote Mützen. Nulli war sprachlos.
„Der Weihnachtsmann war da! Der Weihnachtsmann war da!", jubelte Priesemut vor lauter Freude und setzte sich sofort seine Mütze auf.

Nulli staunte nicht schlecht. „Schau mal, Priesemut, ich habe eine nigelnagelneue Axt bekommen!", sagte er freudestrahlend. „Und ich hab eine Unterwegs- und Picknickkäseglocke mit original Sicherheitsverschluss gekriegt!", jubelte Priesemut überglücklich.

„Fröhliche Weihnachten, Nulli!"

„Fröhliche Weihnachten, Priesemut!"

Fröhliche Weihnachten, ...

Nulli & Priesemut

Die Geschichte, wie Nulli und Priesemut Freunde wurden
€ 7,95 [D] · € 8,30 [A]
ISBN 978-3-8303-1236-9

Nulli & Priesemut - Wir haben Geburtstag!
€ 14,95 [D] · € 15,40 [A]
ISBN 978-3-8303-1215-4

Nulli & Priesemut – Das ABC
€ 8,95 [D] · € 9,20 [A]
ISBN 978-3-8303-1180-5

Nulli & Priesemut – Auf der Suche nach den goldenen Möhren
€ 9,95 [D] · € 10,30 [A]
ISBN 978-3-8303-1186-7

Mehr Informationen unter **www.lappan.de**

Christine Fehér

Strixi –
Eine Eule auf der Wäscheleine

144 Seiten, ISBN 978-3-570-16349-8

Andere Kinder haben einen Hund oder ein Meerschweinchen – Emilia hat eine Eule. Strixi, der Waldkauz mit der rosa Umhängetasche und dem Faible für Mode, ist Emilias beste Freundin und eine tolle Ratgeberin in Freundschaftsfragen. Als Emilia in der neuen Schule von der Klassenzicke Melisande gemobbt wird, schenkt Strixi dem schüchternen Mädchen nicht nur ein Ohr, sondern vor allem eine Portion Selbstbewusstsein und neuen Mut. Am Schluss hat Emilia nicht nur die coolste Fashion-Eule der Welt an ihrer Seite, sondern in Jakob und Lena richtig tolle Freunde gefunden. Gemeinsam werden sie es schaffen, der fiesen Melisande die Stirn zu bieten.

www.cbt-buecher.de

Abby Hanlon

Donner und Dory! – Klein, aber oho

ca. 160 Seiten, ISBN 978-3-570-16375-7

Die Jüngste zu sein, ist ziemlich doof, wenn die älteren Geschwister einen immer zu kindisch finden. Dory ist schon sechs, und trotzdem rollen Charlotte und Luca jedes Mal die Augen, wenn sie mitmachen will. Also bleibt „Ratte", so Dorys Spitzname, nichts anderes übrig, als in ihrer eigenen Welt zu spielen, wo ihr das Lieblingsmonster Mary stets zu Diensten ist und sie Herrn von Morps, ihre gute Fee, von jeder Banane aus anrufen kann. Und auch mit der 507 Jahre alten Frau Knorpel-Knacker, die die Großen nur aus Rache erfunden haben, erlebt Dory das Abenteuer des Jahrhunderts. Doch dann brauchen Charlotte und Luca eine Heldin in der wirklichen Welt – und Dory ist zur Stelle!

60025

Cas Lester

Max Smart und die intergalaktische Müllabfuhr – Verschollen im All

192 Seiten, ISBN 978-3-570-16310-8

Max Smart ist eigentlich nur ein ganz normaler Elfjähriger, der von aufregenden Abenteuern im Weltall träumt. Er hat allerdings keineAhnung, was WIRKLICH im All vor sich geht. Denn Zillionen Lichtjahre entfernt durchstreift das intergalaktische Müllraumschiff, die Große Dreckschleuder, die Galaxie 43b. Der Name spricht für sich und genauwie das Raumschiff, müffelt auch seine chaotische Crew gewaltig. Irrtümlicherweise für den neuen Käpt'n gehalten, wird Max an Bord gebeamt und sieht sich plötzlich nicht nur mit der seltsam aussehenden Besatzung und einem alles verschlingenden Mülltornado konfrontiert, sondern auch noch mit rosaroten Killermaden und hochexplosiven Explo-Schaum ...

60005

www.cbt-buecher.de

David Zeltser

Winzent und das große Steinzeit-Turnier

ca. 192 Seiten, ISBN 978-3-570-16342-9

Steinzeitjunge Winzent bemalt lieber Höhlenwände als sich mit den anderen Jungs die Köpfe einzuschlagen. Dabei ist es die große Hoffnung seines Vaters, dass Winz einmal Clanchef wird! Da kommt es gar nicht gut, dass Winz mitsamt dem Außenseiter Steini aus dem Clan ausgeschlossen werden muss, weil sie es als Einzige nicht schaffen, sich ein Reittier für das große Steinschlagturnier zu fangen. Mit ein wenig Einfallsreichtum und unerwarteter Hilfe aus dem verfeindeten Nachbarclan schafft Winzent es am Ende aber doch noch, als Held des Clans dazustehen …

60016

www.cbt-buecher.de